LA
BOURSE CASATI.

POÈME COMIQUE.

Par Mme Denise Claparède,

AUTEUR DU PASSAGE DU ROI A BESANÇON, DE BEL-AIR, OU LES HORLOGERS
DE GENÈVE, ETC.

MARSEILLE.

Typographie de Nicolas, imprimeur-éditeur,

Place Saint-Louis, 5.

—

1839.

LA BOURSE CASATI

a Marseille.

LA

BOURSE CASATI

A MARSEILLE.

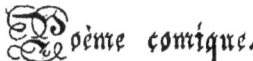 Poëme comique.

PAR

Mᵐᵉ DENISE CLAPARÈDE,

DE GENÈVE,

AUTEUR DU PASSAGE DU ROI A BESANÇON, DE BEL-AIR, OU LES HORLOGERS
DE GENÈVE, ETC.

MARSEILLE.

TYPOGRAPHIE DE NICOLAS, IMPRIMEUR-ÉDITEUR.

1839.

La

BOURSE CASATI,

Poëme comique.

———◦◦◦———

I.

Tout le monde connaît ce café de la ville
Qui sert de rendez-vous au commerçant utile,
Au rentier, à l'oisif, au sot discrédité...
Si j'étais un bavard, moi qui l'ai fréquenté,
Je dirais...mais non, non, taisons-nous, je préfère;
Je tiens trop à mon dos pour le mettre à l'enchère.

Le Provençal, dit-on, n'est pas toujours courtois,
Et son geste souvent est moins doux que sa voix.
Bornons-nous à parler, sans froisser la moustache
Du superbe *dandy*, dont l'*humaine cravache*
N'a jamais tourmenté que l'ombre d'un coursier.
Laissons-le voltiger chez l'utile fripier,
Et revenons bien vîte à ce café *merveille,*
Où se fait aujourd'hui la banque de Marseille.

Dès que l'aurore aux cieux se montre et vient briller,
On vient à *Casati* finir de s'éveiller ;
Mais de dix à midi l'habitude y rassemble
Tous les états charmés de se trouver ensemble.
La foule est aux dehors comme à l'intérieur,
Et d'un froid de janvier on brave la rigueur.

Ici, le fier courtier se tient en embuscade
Pour saisir le moment de placer sa muscade.
Le collègue à côté soulève son chapeau,
Qui se trouve rempli d'un savon blanc et beau.
Voyez, dit-il, voyez... pour obtenir la mousse,
Il suffit pour cela de saliver son pouce :

Donnez-moi votre doigt... frottez légèrement.

Assez... car on ne doit qu'y toucher seulement.

Combien vous en faut-il? parlez vîte, de grâce!

J'en aurais un millier qu'il trouverait sa place.

La maison dont il sort en est toujours à sec.

Prenez... n'attendez pas d'ouvrir en vain le bec.

II.

Là, c'est un élégant d'une figure heureuse,
Qui fesait autrefois plus d'une malheureuse;
Autrefois ? quelle insulte! il est jeune toujours,
Et n'emprunta jamais à l'art aucun secours;
Malgré son air pesant et sa grosse bedaine,
Il n'atteint point, je crois, l'ignoble quarantaine...

D'ailleurs il est adroit, gai, vif, entreprenant;
Enfin, il est encor un être séduisant.
D'une riche maison il est homme d'affaire,
Sur lui repose tout, il a du savoir-faire...
S'il se trouve dehors pour les additions,
Toujours il rentre à temps pour les *soustractions*...
Devant lui c'est en vain qu'on parle politique,
Il ne s'en mêle point... c'est à l'arithmétique
Qu'il préfère donner ses instants de loisir.
Admirez qu'il est grand et sage en ses désirs !
Ah ! s'il pouvait en tout s'observer et se taire,
Il aurait de Zénon le noble caractère;
Mais il voit à cela peu de nécessité :
On n'a pas de nos jours tant de stoïcité.
Médire du prochain, tromper, faire fortune,
Voilà le positif; tout le reste importune.
Combien le pauvre sot qui va droit son chemin,
Inspire de mépris au noble genre humain !
B... l'a bien compris, c'est pourquoi... mais silence !
De lui je parle trop, il faut de la prudence.
Je ne crains point ni lui ni sa méchanceté;
Mais je dois taire ici la dure vérité.

Il pourra quelque jour m'en savoir gré sans doute,
Surtout si le destin le fait changer de route :
Tel qui monte bien haut, tombe souvent bien bas ;
Des exemples récents ne le montrent-ils pas !

Allons, laissons en paix le ci-devant jeune homme.
Pour ses talents divers je crois qu'on le renomme ;
Il se montre des arts le soutien et l'honneur ;
En liquides surtout il est grand connaisseur.
Si je pouvais en *eur* trouver encor la rime,
Je ferais voir ses droits à la publique estime...
Car je dirais... Mais non... pas d'indiscrétion,
J'ai d'ailleurs avec lui quelque relation...
Que diable ! on doit avoir un peu de retenue ;
Rarement on fait voir vérité toute nue.
Je sais qu'il est des gens qui parlent au hasard ;
Quant à moi, Dieu merci ! je ne suis point bavard...
Tenez, voulez-vous voir d'un caissier le beau-frère :
Il devrait être heureux... car son complaisant frère
Se montre si savant près de la belle-sœur,
Qu'elle connaît déjà trente *duos* par cœur.

On dirait Abeillard enseignant Héloïse...
Dieu! si comme Fulbert.. l'époux...Quelle sottise!
Il n'est pas défendu d'avoir un professeur
Qui montre... les beaux-arts en tout bien, tout honneur.
L'épouse en question est d'ailleurs très sévère;
Jugez : elle a pleuré parce que son beau-frère
Avait une maîtresse, et bien vîte au mari
Elle a porté sa plainte, en disant : Mon chéri,
Ton vil frère avec moi jadis fesait *des gammes* ;
Jadis... car maintenant il fait sa cour aux dames.
Cela ne me va point, j'ai trop d'austérité
Pour tolérer l'horreur qu'on nomme volupté.
Puis on dit qu'il fréquente une femme vulgaire :
Mon Dieu! quel déshonneur! ton oncle est commissaire.
Issu de magistrats, tu dois donc empêcher
Notre proche parent de se mésallier !!!

Quelle noble fierté! quelle vertu dans l'ame!
On devrait adorer une pareille femme.
Bah! son époux la voit d'un œil indifférent,
Et près d'elle jamais ne reste un seul moment.

Pauvre épouse! combien elle a de patience!
Il est vrai qu'à présent, donnant *dans la science*,
Elle supporte mieux un cruel abandon.
Si le maître de chant imite un jour Platon,
Alors entre les arts et la philosophie
Comment ne pas trouver des charmes à la vie!!!

Invoquons le Très-Haut pour que l'instituteur
Vienne tout repentant près de sa belle-sœur,
Lui démontrer encor la *gamme chromatique*,
Et la guérir enfin de sa terreur panique.
Elle ne voudrait pas d'un professeur banal,
Ayant toujours pensé qu'il doit enseigner mal...

. . . .

III.

Plus loin, c'est un tailleur mis avec élégance,
Qui singe à s'y tromper le *dandy* d'importance.
Un habit vert de nuit le serre tellement,
Qu'il ne peut se moucher qu'avec ménagement,
Et son pantalon... chut... ce n'est pas notre affaire.
Dans ses prompts jugements le monde est téméraire....

Il se peut qu'en taillant babits, gilets, manteaux,
La main lâche un peu bride à de hardis ciseaux...
Mais parce que ceux-ci prendraient trop de licence,
D'un artiste faut-il soupçonner l'innocence?
Non, le public est bon, il tolère un écart ;
Sur douze pans de drap si l'on n'en perd qu'un quart,
On doit être content... Et que pourrait-on dire?
L'étoffe en l'humectant se serre, se retire,
Tout le monde le sait... et quand même d'ailleurs
Une légère part tomberait aux tailleurs,
La Charte défend-elle une honnête industrie?
Pourvu qu'on soit alerte au cri de la patrie,
Qu'on solde exactement ses contributions,
On est maître chez soi... libre en ses actions.
Voyez le procureur... l'avoué... le notaire!
Prennent-ils des gants blancs pour... mais il faut se taire.
Ces messieurs, quoiqu'atteints de maux invétérés,
N'en sont pas moins pour nous des objets révérés.
Moi, je ne les crains point, mais je hais leur logique,
Et lé papier surtout qu'on vend dans leur boutique
Me paraît un peu cher... vu le prix des chiffons...
Puis le crédit est mort chez tous ces noirs griffons.

Leur seul dieu c'est l'argent... oh! qu'ils en sont avides!

Si vous les consultez avec les goussets vides,

Ils sont tant affairés qu'ils ne répondent pas...

Ou font voir poliment le talon de leurs bas.

Hélas! bien différent d'un *suppôt de chicane*,

Aux dépens du tailleur l'élégant se pavanne.

Que deviendraient le clerc, le commis important,

S'ils étaient obligés de payer au comptant?

On les verrait bientôt, bravant l'antique usage,

Manger et se vêtir à l'instar du sauvage.

Trop zélés pour les mœurs, nos braves artisans

Préfèrent se montrer amis et complaisants

De tout frère en Jésus que misère importune.

Mais laissons pour l'instant ces dieux de l'infortune.

Etant à *Casati* comme un observateur,

Je dois parler de tous, non pas d'un seul acteur.

IV.

Quel est ce beau châtain qui tendrement roucoule?
Il est si pommadé qu'il semble en barigoule...
Oui, je le reconnais... c'est un courtier royal...
Ah! le monstre! il sait bien qu'on en voit de plus mal.
Comme ce pantalon dessine bien sa cuisse!
Si j'étais un *Marbeau*, je tenterais l'esquisse;

Car, ma foi! des courtiers vraiment c'est l'*Apollon!*
Puis il sait se tenir au bal comme au salon;
Il n'est point affecté dans son air, son langage,
Et malgré qu'il possède un charmant équipage,
Loin de se montrer fier, loin de vous mépriser,
C'est lui tout le premier qui daigne saluer.
C'est joli de sa part, allons, de la franchise!
Il est de ces *intrus* qui n'ont point de chemise,
Dont le ton est bien haut... et bien impertinent.
Si je voulais parler... Oui, j'en connais vraiment
Qui fourniraient sans doute ample et bonne matière:
Mais on me traiterait de langue de vipère...
Puis les gens boutonnés toujours jusqu'au menton
Profiteraient aussi de cette occasion,
Et se réuniraient pour me casser la tête :
Ce serait impoli... même fort malhonnête...
Mais je l'ai déjà dit, le charmant *Provençal*
A l'organe bien doux et le geste brutal.
Allons, décidément j'aurai de la prudence,
Je ne parlerai point avec irrévérence
De ces fats, ennemis jurés du linge blanc...
Je n'en finirais pas... D'ailleurs d'être trop franc

Et d'appeler toujours par son nom chaque chose,
Qu'en advient-il? du mal… ainsi donc, bouche close!
Il m'importe fort peu qu'un faiseur d'embarras
Dans son *soulier pointu* n'ait point de pied de bas.

Revenons au courtier de l'espèce royale.

J'en vois un sur ce banc qui fièrement s'étale;
Je crois que sa partie est celle des cotons.
Je ne me trompe point… nombre d'échantillons
Passent de son habit sur celui des confrères;
Il fait, à ce qu'on dit, de si bonnes affaires,
Qu'on l'a nommé du sort le noble enfant gâté.
Combien il est heureux ! quelle félicité
Il goûte dans le sein de son humble famille,
En prenant le matin son chocolat-vanille!
Il sourit doucement… ferme à demi les yeux,
Et paraît faire un songe aimable et grâcieux;
Bientôt un bras osseux… l'entoure, le caresse,
L'attire, le repousse, et de rechef le presse
Contre un corps anguleux… mais doux comme un satin.
Vous avez deviné que le charmant lutin

N'est autre que la belle et *chaste* Léonore,
L'épouse du courtier... rivale et sœur de Flore,
Qui n'ose de son sein découvrir le trésor.
Si Marseille ignorait qu'elle fût pure encor,
Soixante jeunes gens seraient là pour le dire.
Depuis près de trente ans que pour elle on soupire,
Jamais un seul instant on ne la vit faillir...
Aussi le bon époux n'eut jamais à rougir ;
Il fait tout pour sa femme, il en est idolâtre !
Le soir il la conduit dans sa loge au théâtre.
C'est là qu'on peut le voir, aimable, rayonnant,
Lancer à sa moitié mille regards d'amant ;
Il ne s'aperçoit pas que sur elle on babille...
Qu'on lui trouve le cou noir comme sa mantille...
Il va toujours son train... et voit toujours en beau
L'objet que des pendards ont surnommé crapaud.

Noble et vaillant époux ! suis toujours ta carrière,
Ne cherche point à voir du rideau le derrière...
Je pense que le mieux est l'ennemi du bien.
Sois toujours des courtiers l'honorable soutien,

Et ne te fàche pas si l'odieuse envie
Cherche à calomnier la moitié de ta vie.
En tous temps, en tous lieux, la sévère beauté
Fut en bute au venin de la méchanceté.
Et... Mais tu sais cela, car tu vis fort tranquille,
Tu ne t'amuses pas à t'échauffer la bile.
Et pourquoi, je te prie, aurais-tu des soupçons?
Lorsqu'on est comme toi chéri dans sa maison,
On s'inquiète peu que des gueux sans chaussure,
Aussi pauvres d'esprit que grêles de tournure,
Qualifient du nom de grenouille ou crapaud
Un objet jusqu'ici réputé sans défaut.
Tranchons le mot, mon cher, on veut plaire à ta femme :
N'y pouvant parvenir, alors on la difâme.
J'ai moi-même entendu des commis qui... Mais non,
J'aime mieux te laisser en paix *dans ton coton :*
Le commerce avant tout... d'ailleurs la bienséance
M'impose ici la loi de garder le silence.
Si le destin t'avait placé dans les *marrons,*
Je divulguerais tout sans faire de façons.
A l'homme du commun on parle sans réserve;
Mais au courtier royal!!! un moment... on s'observe.

Tout ce qui tient au roi mérite le respect !
Je salue un mouchard... et suis à son aspect
Humble, doux et poli comme avec un ministre.
Qu'importe son emploi rigoureux et sinistre,
Il doit être honoré ! car il faut du talent
Pour conserver ses yeux dans ce poste éminent.

. . . .

V.

J'entends sur le pavé l'éperon qui résonne !
Serait-ce un rejeton de Mars ou de Bellone ?
Un mitron parvenu ?... un clerc, un procureur ?
Mieux que cela, messieurs, c'est un per... un coiffeur.
Pardon... je m'exprimais à la manière antique !
Un perruquier ? fi donc ! *ce mot sent la boutique,*

Pour tous ceux dont le front est si bien ombragé.
A vous voir ainsi chauve on vous dirait âgé...
Cinquante francs au plus vous rendront la jeunesse.
Allons, n'hésitez pas, comptez sur mon adresse.
C'est dit, dans peu de temps vous aurez la douceur
De posséder de l'art le chef-d'œuvre et l'honneur.
Et si je... Mais pardon! je vois des connaissances
Qui peut-être ont besoin de savons ou d'essences ;
En outre un raffineur me fait signe là-bas.
Que me veut-il? Son chef paraît en mauvais cas.
Je crains qu'il ait subi quelque *douce* aventure.
Tenez, regardez bien... son front sans chevelure
Prouve qu'il eut recours *à votre messager*...
Je me rends près de lui pour mieux m'en assurer.
Vous permettez, monsieur?... sans façon je vous quitte.
En moins de quatre jours vous aurez ma visite.

Qu'on s'informe à présent avec un air moqueur
Ce que fait à la bourse un *artiste* coiffeur !

VI.

Arrive un bon courtier sans peur et sans reproches.
Il paraît éreinté... c'est qu'il a dans ses poches
Trois pains sucre en morceaux premières qualités.
Par lui tous les marchands sont de force arrêtés.
Que pensez-vous, dit-il, de cette marchandise?
Pour l'écouler faut-il que je la préconise?

Je croirais m'avilir... Tâtez sa dureté,
Et remarquez surtout sa rare siccité,
Son brillant, son poli, sa belle transparence.
Vous ne répondez pas, vous gardez le silence ?
Farceur... vous finassez... afin de marchander ;
Mais le prix est fixé, pas un liard à ôter.
Ne manquez pas ce coup... ce serait grand dommage !
D'ailleurs... O quel guignon... oui, je perds mon bagage :
Mes poches en lambeaux ont tout laissé passer ;
Dans le sale ruisseau mon sucre va rouler.
Déjà trente gamins arrivent à la course,
Comptant s'édulcorer aux dépens de ma bourse.
Aidez-moi donc... surtout empêchez d'approcher.
Vil peuple !... avec raison tu te fais mépriser ;
Va, si je deviens roi... cent mille bayonnettes...
Sauront... Par Belzébut ! j'écrase mes lunettes ;
Les verres étaient fins, il faut les remplacer :
C'est trente sous le moins que je dois allonger.
Les profits sont déjà si grands dans le courtage...
Qu'on peut sans s'émouvoir supporter ce carnage.
Ouf... je suis étouffé... sachons prendre un parti.
Je suis l'heureux amant de ma douce Titi...

Courons lui raconter notre mésaventure;

Elle consolera son chouchou, je vous jure.

Je sais bien qu'avant tout elle voudra frapper...

Mais, *en homme d'esprit*, je feindrai de pleurer...

Alors, je la connais... elle n'est point de glace;

Puis un petit amant toujours a tant de grâce

Quand il est dans les pleurs!... C'est dit, messieurs, bonjour!

Je compte vous revoir avant la fin du jour.

VII.

Vous demandez, je crois, quel est ce personnage
Dont le *nez plat et bleu de loin sent le fromage.*
C'est un bon commerçant qui fut jadis *tambour,*
Caporal et sergent, le tout par fol amour.
De retour au pays, il ne savait que faire.
Serai-je, disait-il, tanneur, apothicaire,

3

Charcutier, avocat, orfèvre ou maréchal?
Non, non, je le vois bien, tout cela m'irait mal;
Je ne me sens pas né pour être un *grand artiste*.
Si je pouvais... J'y suis... je me ferai *droguiste*:
Ma santé gagnera, car l'odeur du piment
Pourra me procurer l'heureux éternument.
D'ailleurs *papa* m'a dit que je ferai fortune
Avec le *vert-de-gris, la noisette, la prune,*
L'amande, l'orpin rouge, et tout fruit sec enfin.
C'est décidé, bientôt j'aurai mon magasin.
Ce qui fut dit fut fait : de suite on vit paraître
Une enseigne portant l'humble nom de son maître,
Puis on mit aux dehors avec profusion,
Sucre, cierges, café, pierre-ponce, amidon.
Maintenant *Belle-Rose*(*), enfoncé dans *la colle,*
Est content comme un duc, et se montre l'idole
D'une *jeune beauté* dont son cœur a fait choix.
C'est de lui qu'on peut dire il est *heureux en choix!*
Dans trois mois au plus tard on le nommera père
D'un petit chérubin *aussi beau que sa mère.*

(*) Nom de régiment.

Si le petit marmot prend un jour son essor,
Il deviendra *gendarme* ou bien *tambour-major!*
En attendant, je crois que le brave *droguiste*
Est dans son jour fatal, car vainement il piste
Après un matador qui semble l'éviter :
Monsieur, dit-il, monsieur, voulez-vous m'écouter?
Depuis peu j'ai reçu des gommes d'Arabie,
Pour lesquelles, dit-on, vous montrez grande envie.
Allez, c'est du choisi... je tiens à vanité
De n'avoir les objets qu'en belle qualité :
Je ne gagne pas tant... mais j'ai toujours la vogue,
Et lorsqu'on veut avoir *du bon* en fait *de drogue*,
C'est chez moi qu'on accourt. Je pense, Dieu merci!
Avoir bien mérité mon renom jusqu'ici!!
Sur d'obscurs concurrents je m'élève, je brille!
A propos... voulez-vous un parti de vanille?
Voyons, dites un mot, terminez avec moi.
Vous me tournez le dos?... c'est honnête, ma foi!
Ta... ta... vous reviendrez... mais berniquet ma mie!
Vous êtes lourd au jeu, vous perdrez la partie ;
Et s'il m'arrive encor de vous rien proposer,
Que le ciel en courroux puisse alors m'écraser!!!

Qui dirait, à le voir moqueur, impertinent,
Que depuis fort long-temps en guerre avec l'argent,
Il se trouve réduit à faire maigre chère !...
A l'entendre pourtant, c'est l'excellent madère
'Qui chez lui coule à flots dans les repas d'amis !
Il donne des concerts où *l'artiste est admis*...
Et si d'un magasin il soigne l'entourage,
S'il manie un plumeau, s'il garnit un vitrage,
C'est par amusement... car étant né rentier,
Il n'a pas, Dieu merci ! besoin d'aucun métier !!!
Entendons-le causer : le voilà qui s'avance
Vers un collègue aussi de trompeuse apparence...
Bonjour, dit-il au fat *balayeur de comptoir*,
Je crois que de long-temps je ne pourrai te voir :
Chaque pas que je fais je commets mille crimes !
Crois-tu que froidement je puis rendre victimes
Les innocents objets épris de ma beauté ?
Non, puisque je ravis leur douce liberté,
Et qu'ils n'ont en retour que mon indifférence,
Je veux leur épargner la cruelle souffrance
De sans cesse me voir apparaître à leurs yeux :
Il faut me séquestrer, je ferai des heureux !

Mais je crois, cher ami, qu'il est peu praticable
De secouer le joug qui m'oppresse et m'accable:
N'a-t-on pas remarqué ce visage, ces dents,
Ce pied si bien tourné, quoiqu'il soit en dedans...
N'a-t-on pas admiré ce port plein de noblesse,
Ce dos un peu voûté... qui séduit, intéresse?
Ah! crois-moi bien, mon cher, j'aimerais cent fois mieux
Ressembler en tous points à l'immortel Mayeux.
Si du moins je pouvais partir de cette ville!
Peut-être alors... Mais non, tout devient inutile:
Partout où je serai, mon physique fatal
Fera sur tous les cœurs son effet infernal;
J'ai beau me négliger dans mon air, ma parure,
Les femmes malgré tout admirent ma tournure,
Mes traits, mes yeux divins, mon charme intéressant;
Toutes voudraient m'avoir une heure pour amant.
La modiste en tous lieux est *vertueuse et sage,*
Tout l'univers le sait... eh bien! sur mon passage
J'en rencontre souvent qui, bravant la pudeur,
M'offrent de leurs appas d'être le possesseur...
Je n'abuse jamais de leur tendre *innocence :*
Je poursuis mon chemin avec indifférence,

Ou je ris à leur nez... Ce n'est pas fort galant,
Comment faire? il faut bien respirer un instant!
Et puis je n'aime point les beautés de *rencontre,*
Parce que... Mais dis-moi, mon cher, as-tu ta montre?
J'ai brisé, ce matin, la mienne avec fureur
Sur la tête d'un sot qui fesait le farceur.
Quelle heure est-il? voyons, ne me fais pas attendre:
J'ai certain rendez-vous auquel je dois me rendre.
Tu ne me réponds pas?... dès-lors je suis certain
Que le *grand bâtiment du quartier Saint-Martin*
Est de tous tes effets l'heureux dépositaire...
Mon ami, ne *crains rien... un brave militaire*
A l'œil sur tes dépôts... toujours en faction,
Nul ne peut pénétrer *dans l'humaine maison*
Sans être armé d'argent, de bijoux ou d'étoffes...
Tu comprends... c'est l'hôtel offert *aux philosophes*
Qui veulent abjurer un luxe sans appas,
Ta montre te gênait... hein ! tu n'en voulais pas...
Je vois que de *Rousseau* tu singes la manie,
Et... Ne te fâches pas... je suis sans ironie.
Que diable ! on peut parler... et surtout avec toi,
Une affaire d'honneur me rappelle chez moi;

Mais si tu veux venir demain à pareille heure,
Tout en te fesant voir ma charmante demeure,
Nous reprendrons alors sans interruption
Ce bizarre sujet de conversation.
Viens, accompagne-moi, par le ciel je t'en prie !
Si je m'en allais seul, cent femmes, je parie,
Viendraient à mes côtés mendier un regard...
Bien... ton bras sous le mien... et marchons, il est tard.

IX.

A l'angle du café parle avec violence,
Un homme plein d'esprit selon toute apparence:
C'est un courtier *huileux* dans un grand embarras.
Vit-on jamais, dit-il, le commerce aussi bas?
Et c'est dans ce moment affreux et *difficile*
Qu'on élève à grands frais, dans notre vieille ville,

Une espèce de mur qu'un public ignorant
Appelle *arc-de-triomphe* et *parfait monument,*
Parce qu'il est farci de vilaines statues
Qui font voir aux passants leurs grosses cuisses nues.
Devrait-on tolérer semblable obscénité?
Quant à moi, je suis loin de voir quelque beauté
Dans un amas confus de *pierres et d'images.*
Que *Ramey,* que *David* aient eu tous les suffrages,
C'est de quoi je me ris... car il est évident
Que jamais ces deux *sots* n'eurent aucun talent.
Qu'a-t-on représenté par ces *deux déhontées*
Qu'on baptisa *des noms pompeux de renommées?*
Avec la *bouquetière* eurent-elles jadis
L'honneur *de partager le lit de Charles dix ?*
Imbécile *Ramey !* tes femmes sans toilette,
Dont l'une *tient un sabre et l'autre une trompette,*
N'ont pas le sens commun, car jamais d'aucun temps
Le sexe ne joua de pareils instruments.
De cet *arc* si vanté jamais je ne regarde
Que *les bornes des coins... l'innocent corps-de-garde,*
Et surtout *les côtés nus et sans relief.*
Celui qui les a faits *est des sculpteurs le chef!...*

Dites-le moi, faut-il une grande science

Pour plâtrer contre un mur *chiens, enfants de Provence,*

Vieille femme, tambour, invalide obligé?...

Je ne me plaindrais pas si c'était bien rangé ;

Mais tout est entassé... c'est un affreux dédale :

Vis-à-vis, un cheval avec une *cavale*

Ont les *pattes en l'air...* comme pour écraser

Cette *France aux bras longs qui vient les couronner.*

Je n'en finirais pas si je voulais tout dire...

De cette ignoble porte enfin je me retire

Pour visiter un peu le quartier *Paradis,*

Que je hais à présent, mais que j'aimais jadis !...

Alors il n'avait point ces fâcheuses lumières

Qui font aux citoyens abaisser les paupières ;

On pouvait se glisser et faire des écarts

En certaines maisons... sans fixer les regards.

Un soir, on vit surgir par des *secours magiques*

Devant un commerçant deux fanaux magnifiques.

Notre gouvernement, noble autant que flatteur,

Se hâta d'imiter le riche *confiseur* (*),

(*) M. Castelmuro.

Mais je ne pense pas qu'on m'attend pour dîner,
Et que depuis long-temps j'aurais dû m'en aller;
Cependant j'aperçois que la faim me convie :
Il faut bien satisfaire aux besoins de la vie,
Surtout lorsqu'on n'a pas l'indiscible bonheur
D'être né *grand poète* ou *savant prosateur*.

Célèbre Casati! toi qu'ici rien n'efface,
Reçois des bons courtiers l'humble action de grace,
Veille sur les marchands, protège leur dessein,
Et dans cent ans encor reçois-les dans ton sein.

FIN.

PRIX : UN FRANC.

www.ingramcontent.com/pod-product-compliance
Lightning Source LLC
Chambersburg PA
CBHW071254210626
46818CB00013B/1446